꿈수집가

청춘문고

45개의 꿈을 수집하였습니다.

제 중학교 친구예요.
근데 걔가 되게 안 좋은 친구였단 말이에요.
친구는 아니고 학교 어떤 애였는데
되게 문란한 생활을 하는 애였어요.

제가 별로 안 좋아하는 애였는데
제가 저희 방에, 저희 집에서 자고 일어나서
거실에 딱 소파에 앉아있는데 전화가 온 거예요.

걔한테.

근데 저는 별로 안 친한 애니까
그냥 모른 척하고 싶었던 거죠.
전화가 와가지고 "누구세요" 이랬는데
막 자기 이름을 얘기해요. 누구라고.
얘기하는데 난 모르겠다고 막 이렇게 얘기했더니
"나 중학교 동창이다"라고 그러는 거예요.

"아, 그러냐. 무슨 일로 전화했냐"고 하니까
고민이 있어서 전화했다고 얘기하는 거예요.
"무슨 고민이 있냐" 했는데
그 고민이 완전히 제 고민인 거예요.
제가 생각했던 미술 그런 고민도 있고
인간관계에 대한

고민도 있고.

딱 세 가지 고민이 있다고 말하는데
너무 내 고민이어가지고,
거기서 제가 해결책을 찾아 얘길해주려는 거예요.

해결책을 생각하고
막, 말하려는 찰나에,

엄마가 "밥 먹어라" 해가지고 깼어요.

아 뭐지.
제가 이제 엘리베이터를 탔는데,

그 엘리베이터가 다 똥으로 돼있는 거예요.

아 근데 똥으로 돼있는데
그게 제 몸에 묻고
이래야 좋은 건데
제가 막 피하려고,

알죠?

막 묻히고 이래야
좋은 행운이라고 알고 있거든요.
근데 이걸
막 피하려고 하면 그게 행운이 달아나는 거래요.

근데 저는 안 묻히려고 막 엄청 이랬는데

그 엘리베이터 문이 딱 열리는 순간,
한 친한 친구가 아기를 저한테 줬단 말이에요.
근데 그 아기를 제가 안고
똥을 안 묻히려고 엄청 노력했어요.

                  근데 그 상상에
                  혼자 생각하기에,
왜 꿈에서도
이렇게 '그전에 무슨 일이 있었구나'라는 생각이 들잖아요.

                  근데 그 친구가 아기를 갖고 있는데
                  꿈속에서 남편에게 맞았던 거예요.
                  근데 그게 너무 불안한 거예요.

그 꿈을 꾸고
그냥 나는 똥을 피했고,
그 아기를 안고 있었고,
이 친구는 맞았다. 남편에게 맞았다.
이것만 제 기억 속에 있었어요.

                        깨고 나서 연락을 했어요.

        근데 진짜 자기가 아기를 갖고 있을 때
        선풍기도 막 던지고 배도 때리고 막 이랬다고.
        근데 그게 제 꿈에 나왔던 거예요.

우주에 관심이 많은데
우주 다큐 같은 걸 맨날 보다 보니까
이상한,
요상한 꿈을 많이 꿔요.

막

언제는

최근에 꾼 거는

어

무슨 이상한 행성인데
내 얼굴이 떠있고 내가 행성에 누워있어요.

근데 내가 화성에 관심이 많아서
화성에 관련된 다큐를 많이 봤는데,

모래 언덕이 있고
그냥 우주 공간이고
난 누워있고

내가 날 보고 있고.

꿈에 등산을 가는데
갈 때는, 올라갈 때는
한 번에 간 것 같은데
내려올 때는 이 길인가 저 길인가, 그랬어.

근데 누구랑 갔는지는 몰라.

아무튼 갔어
산에 갔는데

내려오는 길목에서
이렇게 좌악 내려오는데

찰나에 모서리에 가 요만치 보니까
포도가 있어.

포도를 이렇게 따니까는
포도가 뭐랄까 잡아 뜯은 것처럼
떨어지는 거야.

조금.

그러고 나서 보니까는
저기 큰 포도가 또 있어.

가서
그걸 딱 끊어놨어.
근데 끊어놓고 담지를 못했어.
끊어놓기만 하고 가져오지도 않고.

하나를 끊었는데 또 하나를 따려고 하니까

그 뭐랄까 몸이
으쓱하는 거야.

으쓱.   귀신 있는 것처럼.

와. 막.
나 그때 자는데 소름이 닥친 건 처음이었다.
그래가지곤 포도도 안 가지고
아이구 무서워라. 그러고는 막 내려와 버렸어.

꿈을 꿨는데
제가 어린 나이에 밤에 화장실을 갔는데

그 화장실 하수구에
대머리 머리가 하나 있는 거예요.

사람 머리가.

근데
나는 그냥 일만 빨리 보고 나가야지 했는데

어느 순간
지나가려는데

제 발이 그 머리에 붙은 거예요.

그래서
빨리 떼야지 떼야지 하는데
안 떨어지는 거야.
문어발처럼 뭔가

　　　　쫙쫙 붙어가지고.

엄마를 계속 불렀어요.
근데 안 오셨어요.
　　　　　　그래서 그냥 거기서
　　　　　　쭈그려 앉아서 울었던.

어렸을 때 다 도벽이 있잖아요.
없나요?

　　　　　　　　할머니가 항상 지갑에다 돈을 넣어서
　　　　　　　　할머니 손 닿는 곳에다 올려놓았었어요.

근데 할머니가 나갔을 때
제가 그거를 의자를 딛고 올라가 가지고
그 안에서 돈을 훔치는 버릇이 있었어요.

　　　　　　　　　　　3백 원, 4백 원, 5백 원씩.

근데 그걸 제가 집 마당에다
묻어놨거든요.
몰래몰래 묻어놓은 거예요.

그렇게 맨날 묻어놓다가
이사를 갔는데
그걸 미처 못 챙긴 거예요.
너무 갑작스럽게 이사를 가가지고.

근데 꿈에서

제가 그걸 막 파는 꿈을 꿨어요.

파서

그 돈이 어마어마하게 있는 거예요.

그래서 제가 꿈을 꾸고
그 주에 그 집을 찾아간 적이 있어요.

어렸을 때라 정확히 기억이 잘 안 나니까
엄마한테 물어물어 찾아갔는데,

그 집이 허물어져 있었어요.

중학교 때
좋아했던 선생님한테
직접 자필로 시를 써서 선물로 드렸었어요.
졸업식 날.

　　　　　　　　고등학교 때 3년 사귄 여자친구에게
　　　　　　　　헤어진 여자친구한테도
　　　　　　　　써서 줬고.

　　　　　　　　　　　　　그게

어떻게 보면
시집 『애정놀음』이
첫 번째 정규 1집이라면
그전에 1집, 2집이 또 있는 거죠.
싱글로.

근데 얼마 전
그 싱글 2집을 제가 받았어요.
첫사랑을 만나면서

　　　　　　　'아, 이것도 내보면 어떨까?'

　　　　　　왜냐면 그때 시들을 제가 안 모아뒀거든요.
　　　　　　삭제도 했고 막.

　　　　　　　　그래서 가지고 왔어요. 제가.
　　　　　　　　지금 제 방에 그게 있는데

어제 꿈을 꿨는데

나왔어요,
그 여자애가.

그때
그때 나이로.

나와가지고
그거 진짜 책으로 낼 거냐고,

그걸 내면은.

"그럼 이건 나만 가진 책이 아니네."

이렇게 얘기하고 꿈을 딱 깼어요.

제가 책상에서 엎드려서
뒤척뒤척하다가
다시 잠들었는데

　　　약간 제 방이
　　　그대로 머릿속에 그려지는 거예요.

근데 후닥 후다닥 하면서
바퀴벌레가 책상에서 왔다 갔다 하는 거예요.
그래가지고,

　　'이거를 어떻게 하지?'
　　무서워가지고.

　　　　두 마리가 있었어요.

　　　　심지어
　　　　한 마리는 날 수 있는 거예요.

제가 날아다니는 바퀴벌레 진짜 싫어하거든요.

그래가지고
'안 되겠다. 잡아야겠다' 해가지고
일어나서
종이를 이렇게 말아가지고
꽉 내리쳤는데
잘못 쳐가지고.
옆엘 쳐서
바퀴벌레가 제 옷 속으로 쏙 들어갔어요.
제 요기
목을 타고 쏙 들어가 가지고.

이걸 어떻게 해야 될지
모르겠는 거예요.
그러고서 깼어요.

근데 그게 꿈이라는 사실이 너무 감사했어요.

꿈에 오혁이 나왔거든요.
혁오 밴드.

친구 같은 역이었나?
친구 같은 걸로 나왔던 것 같아요.

그래서
같이 수영장 같은 데서 놀았나 봐요.

놀았나?
하여튼 그랬는데

제가 기억나는 장면은

갑자기 좀 막 외국인들 같은,
약간 영화에서 볼 것 같은 외국인들 있잖아요.
잘 노는 외국인들?

그런 사람들이 우르르 왔어요.
근데 막 오혁 씨는 굉장히 잘 어울리고
영어도 잘하고 하는데

전 영어도 못하고
막 쭈구리가 된 것 같은,

분명히 잘 놀고 있었는데
순간 쭈구리가 돼가지고

'어우 쟤는 왜 저기랑 놀고 있어?'

이런.

욕하다가 깼던가?
그랬던 것 같아요.

뭐지
제 태몽은요.

　　　엄마가
　　　저는 없이
　　　언니랑 아빠랑
　　　마트에 간 거예요.

　　　근데 저희 아빠가 난을 수집하시거든요.

근데
난은 풀이 이렇게 있고
뿌리가 하얗게 있잖아요.
뿌리가
토실토실할수록
막 좋은 그런 거래요.

그래서
그 난이 너무 예쁘고 귀해 보여서
이제 막 훔쳐서
카트에 뒀는데
너무 티가 나는 거예요.

그래서
대파 같은 걸 하나 해서
위에 얹어두고,
밑에는
콩나물을 이렇게 해서
숨겨가지고
집으로 가져왔다는 거예요.

그냥
집에 혼자 있는데
저희 집이 2층이거든요.

현관문이 1층에 있어서
밑에서 올라와야 해요.

막 비 내리고 집에 혼자 있는데
누가 벨을 누르는 거야.

근데 집에 인터폰이 안 되니까
안경을 안 낀 상태에서
막 뭐 먹다가 내려와서,
"누구세요?"
이랬는데 아무도 없는 거예요.
그렇게 누세 번을,
집에 혼자 있고.

그래서 이제 집에 딱 들어왔는데

그러니까
밑에 현관문 말고
바로 집으로 들어오는 거실문에
어떤 남자가 문을 열고 들어오려고 그러는 거야.

        그래서 저랑 실랑이한거죠.
        막 잡아 당기고.

        난 요만큼만 당긴 담에
        걸쇠를 걸칠 수 있거든.

막 요만큼만 요만큼만
그러다 깼어.

내가 그래서 언니한테
"언니 이런 꿈 꿨어. 무서웠어" 했더니

        "개꿈이네."

저희 엄마가 옛날 집에 사셨잖아요.
60년생이니까.

　　　장지문 있는 옛날 집에 살고 있었는데

　　엄마 방에
　　엄청 큰 구렁이가
　　똬리를 틀고
　　째려보고 있었대요.

　　　　　　그 독사 혀를 날름거리면서.

그래서 엄마가
외삼촌 그러니까 오빠한테,

오빠 저거 뭐냐고 치우라고
무섭다고 그랬더니

오빠가 엄마 손을 딱 잡으면서

"저거 네 거야."
이러는 거예요.

그래서 엄마가
그걸 계속 째려보고 있었더래요.

그게 제 태몽이에요.

옛날에 꾼 꿈인데

내가 아파트 사는데
그 아파트에 10년 넘게 살았단 말이야.
꿈에서 집에 가려고
그 아파트를 막 들어가고 있었는데

엘리베이터 앞에
지하층으로 연결된 계단이 있는데
계단이 원래 의류수거함이 있고
한 반 층 정도에 끝이 나요.
밑에 아무것도 없고

그냥 이렇게 콘크리트로 막혀있는 곳인데

꿈에서 왠지 그쪽이 뭔가 궁금한 거야.
그래서 그리로 막 갔는데
계단이 막 있는 거야 계속,
밑으로 내려갈 수 있는 계단이.

그래서 밑으로 막 내려갔어.
근데
한참을 내려갔는데
집이 있는 거야.
아파트 구조가 똑같은.

어 뭐지 하다가 벨을 눌러봤는데
조금 있다가
누가 나왔는데

어린 내가 있는 거야.
일곱 살 정도의?

근데 뒤에 보니까 오빠도 있고 엄마도 아빠도 있는데

내가 어렸을 적의 가족들이 있는 거지.

뭔가 내가 제일 행복했던 순간이
거기에 그대로 있는듯한 그런 느낌을 받았어요.

여자친구랑 만나서 놀고 있는데

다른 친구들도 막
예전에 만났던 애들도 만나가지고

놀다가

막 신나게 놀고 있는데

갑자기 놀이터에 가서 놀자고 그러는 거.

그래서

미끄럼틀을 탔는데

쫘악 내려가는데
끝도 없이 내려가는 거야.

내 자리에서

계속 내려가.

그러다 점점 껌껌해져 가지고

거기서 깼어.

제가
싫어하는
남자애가 나왔는데

　　　　남자애가
　　　　제가 맞고 있는 걸 가만히 보고 있다가
　　　　감꼭지를 줬어요.

　　　　아 – 이렇게 입을 벌렸는데
　　　　입에다
　　　　감꼭지를 넣어줬어요.

　　　　그래서
　　　　막 울면서
　　　　마을버스를 탔는데

제가 돈이 없는 거예요.
근데 버스 기사가
입을 이렇게 가리키는 거예요.

　　　　그래서 '이걸 내라는 뜻인가?'이러고
　　　　이걸 뱉어가지고 봤는데

　　　　많이 맞아가지고 피도 너무 많이 묻어있고
　　　　너무 지저분한 거예요. 꼭 동물 내장같이.
　　　　피랑 침이 다 붙어가지고 늘어나는
　　　　그런 드러운 거 있잖아요.

아 이건 못 내겠다고
막 했더니,
"괜찮으세요. 내세요. 손님"
이러는 거예요.

　　　　근데 그때부턴 꿈인 걸 알았어요.
　　　　버스 기사가 내가 아는 얼굴이었거든요.
　　　　아니라고 그랬더니
　　　　계속
　　　　"손님. 왜 그러세요. 왜 그러세요"
　　　　그러는 거예요.

너무 화가 나서
왜 모르는척하냐고 나 알지 않냐고
막 이러고 울었는데

　　　　감꼭지를 계속 손에 쥐어가지고
　　　　막 뚝뚝 끊어지는 느낌이 나다가

　　　　　　　꿈에서 깼어요.

어디부터
얘기해야 하지.

　　　　예전에
　　　　친한 친구가 있었는데
한동안
연락을 하다가
한 1년 정도
연락을 못 한 친구가 있었어.

　　　근데 그 친구가
　　　어느 날 꿈에 나타났는데
　　　인사를 하더니만,

그 친구가 예전에 자살 시도를 한 적이 있었거든.

　　　　　근데
　　　　　인사를 하더니만
　　　　　저기 강 건너에서
　　　　　다시 인사를 하는 거야.

건너오래.

꿈속에서 강을 건너면 죽는 거잖아.

근데 내가 건넜어.

건넜는데
그 친구가 없어.

없고.

사실 꿈은 거기서 끝이야.

그 친구한테 1년 만에 연락했더니 연락도 잘되고
아직도 둘 다 잘 살아있네.

제가
책방에서 모임을 많이 하잖아요.

그러면
여기서 잠이 드는 경우가 많거든요.
새벽에.

그럼 잠이 들고
그땐 꿈을 안 꿔요.
피곤하니까.

그러고 집에 가.
집에 가서
다시 침대에서 잘 때

2부처럼
책방 일이 다시
시작될 때가 있어요.

대강
생각나는 꿈은
           정확하진 않은데

           완전히 새벽이에요.
           그리고
           너무 그냥 평범하게 놀고 있었어.

근데 아저씨 정도 되는 사람이
갑자기 화장실을 쓰겠다는 거야.

                  근데
                  그런 경우가 왕왕 있어요
                  실제로도 현실에.

   그러고
   무슨
   어떻게 해가지고
   싸웠나? 화장실에서 싸웠나?

그리고 나가라고 막 밀었는데
안 밀리고 막 투명인간처럼
           이런 식의 꿈이 최근에 있었어요.

『20세기 소년』이라는 만화책이 있잖아요.

거기서 막 세균전 이런 게 벌어지는데
제가 그거를 읽고 너무 충격을 먹은 거예요.

그날 저녁에 잠을 잤는데
꿈을 꾼 거죠.
세계가 멸망하는 꿈을 꾼 거예요.

저희 집에 패닉룸이 있어요.

제가 막 세계 종말이 다가오니까
패닉룸 안으로 도망가려고 하는데

밖에서
사람들이 칼을 들고 막 들어오는 거예요.
군인들이
나를 죽이려고.

근데 우리 집엔
외할아버지랑 저밖에 없는 거죠.

'어떻게 해! 빨리 우리 외할아버지를 패닉룸 안으로 모셔야 해!'
하고 걱정하고 있었어요.

그런데 갑자기 장면이 바뀌는 거예요.
종합운동장으로 장면이 바뀌어요.

막 하늘에 헬리콥터가 엄청나게 돌아다니고
여기저기서 폭탄이 터져요.

근데 기자가 카메라를 향해서
'나는 곧 죽을 거야' 이런 표정으로

"여러분
저는 곧 죽지만
이 소식을 전하겠습니다"   이러는 거예요.

근데 그 장면을 외할아버지가 보고 있었던 거죠
그 뉴스를.

그래서 제가

"외할아버지!"

하고 불렀는데 꿈이 깼어요.

저는
엘리베이터 꿈을 자주 꾸는데,

유리문이 달린
그 엘리베이터가 층마다 서는데,

제가 원하는 층이 있으면
이상한 사람,
무서운 사람이 같이 타서

엘리베이터가
갑자기

확

올라가거나 내려가고
꼭 그 사람과 갇혀요.

근데 내가 꼭
그 엘리베이터를
타야 하는 게

비상계단엔
더 무서운 사람이 나타나거든.

그래서 같이 타면
그 사람의 얼굴이
어떻게 무서워지냐면

내려가는 속도에 따라서

얼굴이   확   늘어나요.

근데 그걸 봐야 해. 엘리베이터 안이든 밖이든
유리문이 있으니까.

일어나면
꼭 그 생각을 해요.

엘리베이터에 대한
무슨 사고를 겪은 것도 아닌데 왜 이런 꿈을 꿀까?

제 직업이랑
관련된 꿈인데
　　제가 편집자거든요.
　　책 만드는 일을 하는데

　　　　　제 친구도
　　　　　다른 출판사를 다녀요.
　　걔가
　　자기가 만들고 있는

책의 인덱스 부분
(책 속 중요한 단어를 쉽게 찾아볼 수
있도록 일정한 순서에 따라 뒷부분에
별도로 배열하여 놓은 목록)

　그걸 작업하는데
　너무 힘들다고 얘길 했었어요.

그리고
제가 꿈을 꿨는데

                        제 친구 출판사에
                        놀러 간 거예요.
그래가지고
걔 자리에 갔는데

                        자기가 지금
                        만들고 있는
                        책이라고 해서 봤는데
                        두 권인 거예요.

두꺼운 책이 두 권이라서
왜 두 권인가 봤더니

두 권 중의 한 권이 그 앞 권의 인덱스였어요.

그러니까
할머니에 대한 꿈이에요.

할머니가
손주랑 자식들이 찾아오지 않는 거예요.

심지어 명절에도.

근데 사실
알고 보니까 손주, 자식 들은
시골로 내려오다
사고로 모두 죽은 건데

할머니가 이를 받아들이지 못해서
자식들이 모두 살아있는데 왜 오지 못하냐고
이렇게 화를 내는 거예요.

그래서 손주, 자식 들과 비슷한
연령대의 사람들을 납치, 감금을 해서
제일 효도를 잘하는 사람만 살려주는.

근데
그게 사는 것도 아니에요.
왜냐하면 효도를 잘한다고 뽑히는 사람은
사지를 잘라서
할머니랑 영원히 같이 사는
그런 거예요.

그래서 저는 사지가 잘리기 전에 꿈을 깼어요.

빈지노가 나왔는데
그러니까
제가 직접 아는 아티스트로 나오진 않았고
건너건너 아는 아티스트로 나온 거예요.

아는 사람이
어떤 뮤지션이 있는데
커버 작업을 의뢰하고 싶어 한다.

　　　제가 그래픽 디자이너이니까.

　　　그래서
　　　이제
　　　거기서 "그럼 누군데"라고 했는데
　　　빈지노라는 이야기가 나온 거예요.
　　　그래가지고

　　　'와. 이거 돈 좀 되겠다.'

제가 최근에
클라이언트한테 당한 게 많아서
말도 안 되는 페이를 받고 일을 했던
아픈 기억이 있는데
그래서 꿈에 나온 것 같긴 해요.

아무튼 되게 기대를 했어요.

'와. 나 이제 이거 공들여서 작업하면 뜨는구나.'

되게 기대를 하고 있었는데
빈지노랑 미팅을 하는데

80을 부르는거예요.

웬만하면 100을 부르거든요.
디자인을 의뢰할 때.

원래 빈지노에 대한
인상이 되게 좋았었는데

꿈에서
'아 진짜 양아치네'
그런 생각을 했었던.

제가 재수 준비를 할 때
『ONE PIECE』에 엄청 빠진 거예요.
일본 만화책 있잖아요
해적 나오는 거.

『ONE PIECE』에 엄청 빠졌는데

그때

한참 막 밤새서 보고
잠이 든 거죠.

근데 꿈을 꿨는데

제가
『ONE PIECE』 속에 들어가 있는 거예요.

그래가지고

근데

문제는 뭐냐면

걔네들이 다 한국인이야.

해적들이 다 한국인이고

그래서 막

구명보트 타고 막

우리 팀인 애 구하다가

되게 엄청난 동료의식에

막

상대방

죽어가는 상대방을 치료해주는 꿈

그런 꿈을 꾼 적이 있어요.

나
어젯밤에 꿈꿨어.

나는
악몽을 항상
같은 걸로 꿔.
그게 뭐냐면

고3

수능

꿈에서 그냥
수능 날이었는데

문제지를 계속 넘기는데
계속 생기는 거야.

종이가
안 끝나고

넘길수록
종이가 점점 많아지고

펜이 굴러떨어지고.

꿈에서

퇴직금 때문에 10만 원을
부담하라는 통지서를 받았어.

그걸 보고 화가 나서
운전해서 회사를 갔지.

근데 가는 길이 공사판이었던 거야
도로가 막 끊겨있더라고.

근데 갑자기 아저씨들이 나타나서 길을 만들어줬어.

응.
하여튼
그렇게 해서
회사에 도착했어.
그리고
10만 원을 냈지.

그러고 나서
집에 가야 하는데
바로 가기 싫은 거야.
그래서 카페를 찾았지.

주변에 약간 산토리니 느낌의 카페가 하나 있었어.

이름은
'고래야'

거기가 좋았던 거는
흡연이 가능하기 때문이었어.

난 일단 카페모카를
주문하고 자리에 앉았어.

앉았는데
카페모카를 마시면서 담배를 피우고 싶은 거지.

나는 흡연자니까.

그래서 재떨이를 달랬는데 안 주는 거야.

다시 재떨이를 달라고 얘길 하고
담배를 피우며 카페모카를 기다리며 끝났지 꿈이.

그냥 애를 가졌는데
아빠가 없었어요.

애 아빠가.

그게

내가 친가에
임신해서 들어가서
다 같이 애가 나오는 걸 기다렸는데

그냥 기분이 너무 거지 같았어.

애 아빠는 없고

내가 제일 싫어하는 친가에 있고

내가 제일 싫어하는 사촌 동생이 내 아이를 만지는 게.

근데 그게 너무 생생한 거예요.

엄청.

학교에서
수업을 듣다가

숨 쉬는 게
너무 힘든 거예요.

그래서
짝꿍의 손을 잡았는데

갑자기

　누가 내 귀에

　　　혹-

　　　입김을 불어 넣는

그런
소리가 들리면서
잠에서 깼어요.

그러니까

이제
내가 너무 배가 아파가지고

배는
점점점
불러오는데

이게
꿈속이니까

이게

임신을 해서 배가 부른 건지
똥이 마려워서 그런 건지,
구분이 안 가는 거야.

그래서
무작정
화장실을 갔는데

　아 진짜
　양수 같은 게 막 터진 거 같으면서

애를 낳는 거 같은데
자꾸 애 소리는 안 나고.

　근데 내가
　마지막 장면에
　포대기에다가 똥을 안고 있더라고.

　　　그래서 내가 보면서

　　'애 얼굴이 왜 없지?'

아줌마들하고

허

어딜 갔는데
몰라 어딜 갔는데

아카시아꽃 핀 나무 사이로

애호박이
주렁주렁

야

근데

다들
요만한 건 안 따간대.
여려서 못 먹는다고.

그걸
난 한 아름을 따가지고

좋ㅡ다고
가져왔어.

그러니까
호박 같은 딸을 낳았지.

제가
엄청 넓은 갯벌을
한참 동안 혼자 걷고 있는데

갑자기
작은 구멍에서

꽃게들이
작은 손톱만 한 게들이

막 저한테 달려들더니

제 왼쪽 손,　　　팔,　　　다리,　　　발에

　　　　　　　　　　달라붙는 거예요.

그래서 막
떼도
도망가고

떼도 떼도
계속 쫓아오고
왼쪽을 물고

그렇게 한참
게랑 씨름하다가
잠에서 깼는데,

알고 보니까
제가 왼쪽으로
옆으로 누워서 자고 있던 거죠.

그래서
왼쪽 손, 팔, 다리가 다 저린 상태였어요.

그 저린 게 게한테 물린 걸로
꿈으로 나타난 거죠.

아는 언니가 있는데

같은 그룹에 있어요
모임에.

근데
그 언니가 사귀는 오빠도
그 그룹에 있거든요.

둘이 사귀는데

그 언니가

꿈에서 저한테 고백을 한 거예요.
언니가.

근데 그 오빠가
화가 난 거예요
그것 때문에.

근데 저는 그 언니랑 사귈 수가 없잖아요.

그 오빠가
원래 진짜 착한 오빤데
저한테 화내고
하여튼 그런 꿈이었어요.

언니가 저한테 고백한 게 뭔가 충격적이어서 생각이 나요.

제가 살해를 당해서 영혼이 됐어요.
그래서 다른 사람들은 저를 볼 수가 없는 상태였는데
통유리로 된 아주 조그만 가게에 갇혀서
밖을 내다보고 있는 거예요.

그리고
오후쯤 되면
저를 죽였던 사람이 가게에 들어와서
항상 뭔가를 파는 거예요.
음료수를 파는 카페였던 것 같은데.

저는 그때 학생이었어요.
밖을 내다보면 거리를 지나가는 친구들이 보이는 거예요.
근데 저는 죽은 몸이라서
그들에게 보이지도 않고 저를 죽인
그 남자한테도 보이지 않는다고 생각하며
지내고 있었어요.

가게 밖으로 나가고 싶어도
한 발자국도 나갈 수 없고
통유리로 된 가게 문으로
햇빛이 들어오고 노을이 지고
이런 장면들을 바라보면서
되게 슬프고 '내가 왜 여기 있어야 되지'라는
생각을 항상 하면서 지냈었어요.

근데 어느 날 되게 무서운 일이 벌어진 거예요.

그 남자가 저를 죽인 남자가
가게를 들어오더니
저를 똑바로 쳐다보면서

"내가 너를 못 볼 줄 알았지?
난 너 다 보여. 내가 널 여기 가뒀어" 하면서

저를 바닥으로 내리누르고
제 얼굴에 살충제를 막 뿌리는 거예요.
"넌 이렇게 해도 안 죽잖아" 이러면서.
또 어떤 되게 지독한 짓을 했던 것 같은데
너무 오래돼서 기억은 잘 안 나요.
그렇게 괴롭힘을 당하고 꿈에서 깼어요.

그 꿈을 깨고 남은 거는 지독한 공포
그리고 친구들이 투명한 유리창을 통해서 앞을 지나가고
심지어 그 가게를 들어와도 저를 보지 못한다는

혼란스러우면서도 슬프고 답답한 감정들이
크게 남아서 힘들었던 기억이 나요.

저는 뭔가를 깊이
생각하면 꿈에 나오거든요.

제가
유희열
진짜 좋아하잖아요.

꿈에
유희열이 나왔는데

유희열이
저희 집에
들어오고 있더라고요.

그래서
제가 너무 좋은 거예요.

너무 설레고

뭔가 하고 싶은데

너무 부끄러워서
말도 못 하겠고

그래서
화장실에 숨었어요.

화장실에 숨고

문틈으로 쳐다보면서

'아, 희열사마'

혼자 그랬어요.

제가 어디 광장 같은 데 있었어요.
거기 사람들이
굉장히 많이 운집해있었고
어

　지금 생각나는 거는

　　운집해있었는데
　　사람들이
　　모두 다 어떤 방향을 향해서
　　거대하게 움직이고 있었어요.
한 걸음.

한 걸음.

천천히.

되게 강렬했었는데
그때 기분으로 말씀드리면

　　저도 그 안에
　　속해있었고요.

가는 길
반대편에서
우리를 저지하는 사람들이

아마도
경찰들인 거 같았는데

그 사람들이
물리적으로
총이었나? 뭔가로
저희를 압박하러 왔어요.
반대편에서.

근데 되게 놀라웠던 건
사람들이
아무도 거기에 대해서
개의치 않는 거예요.

그러니까
방어하는 동작이라든지
싸우자, 싸우자, 이러지 않고

모두 다 이런 상황에 대해
대응보다, 한 차원 더 높이 나아가
그냥 계속 전진했던
계속 전진하고 어딘가로 향해 가고.

학교에서
단체로 워크숍을 가서 어디에 도착을 했는데

　　　　　밥을 먹재요.

엄청
큰 레스토랑인데
1층이 뻥 뚫려있고
애들이 돌아가면서 앉아있고
뷔페식이고
요리도 국적이 다양하게 나오는데

　　갑자기
　　애들이 접시를 다 놓고 막 깨는 거예요.
　　깨고 그걸 산처럼 쌓아놓고.

　　도대체 왜 저렇게 하지 그랬더니
　　그게 문화래요.
　　근데 내가 몰랐던 거야
　　　　　　　　그 문화를.

약간 돼지같이,

돼지같이 느껴졌어요.
모여서 막 먹고
그걸 우왁스럽게 다 깨고
그걸 문화라고 하는 거가.

난 그게 싫고 혐오스러워서 2층으로 갔는데

거긴 또 다 짝을 지어있는 거야.
다 되게 퇴폐적이었어.
방 형태로 되어있고

그래서 내가 거기서 탈출하고 싶어가지고

혼자 사람들을 되게
무시하면서 밖으로 나왔는데
그게 밖이 아니었어요.
또 다른 어떤 식당이었어요.

마치 나오지 못하는 미궁처럼.

제가 군 생활 할 때

그때가
연평도 폭격에
천안함 터지고 그럴 때였거든요.

제가 GOP 철책 쪽에 있었어요.
너무 마음이 안 좋았어요.
막
새벽에 상황 터지고 사이렌 울리고 그랬거든요.

꿈을 꿨어요.
악몽이었는데
전쟁이 난 거예요.
근데 너무 실감 났어요.

제가 있는 그 철책 라인이 먹힌 거예요.
북한한테.
완전히 쓸렸어요.

제가 정신을 차렸는데 살아 있어요.   아직 제가

살아있는데
주변에 다 막 시체들
쑥대밭이 돼있고

그래서 제가 어떻게 숨어 들어갔어요.
쪼그만 초소로.

근데 밖에서 발소리가 들리는 거예요.

군화 발소리

또각   또각

그러더니
두 명이에요, 두 명이 딱 멈춰 서요.

그리고 북한 사투리로

"야. 여기 좀 보라"   하는 거예요.

"여기 좀 뭐 있는 거 같다."

그렇게 또각또각하더니
제가 있는 초소 쪽 문을 확 열었어요.

북한군이랑 저랑 딱 눈이 마주치고
북한군이
저한테 총을 딱 겨누는 순간 깼어요.

꿈에서
남자친구를 만나러 간 거야.
근데 왜 왔냐고 정색을 하면서
나를 막 내치는 거지.

근데 알고 보니
그것 또한
꿈이었던 거야.

꿈속의 꿈.

그래서 나 이런 꿈을 꿨다고
남자친구에게 말해주러
남자친구 집에 갔어.

근데 갑자기 남자친구네 엄마가 온 거야.
어떻게 하지 허둥지둥하다가

막 인사하고 허겁지겁 그냥 그 집을 나왔지.
나는 막 계단을 내려오고
남자친구가 배웅하러 같이 내려오고

내가 "어떡하지, 어떡하지" 이러다 깼어.

나는 학교에 다니는 학생이고
거기에 사당이 있어서
도깨비님을 모시고 살았어.
참고로 오래된 목조 학교였어.

근데 갑자기 어떤 남학생이 주머니에서
아주 조그마한 여자 인형을 꺼내는 거야.

그래서
"어? 도깨비님 저거 봐봐요" 이랬다?
근데 도깨비가 짜증을 내는 거야.
"저게 뭐."
"움직여요."

보니까 여자애가 살아있는 사람인 거야 인형이 아니라.
그 순간 갑자기 그 여자애가 커지더니

막 손바닥에서 빔이 나오고
오히려
사람들이 작아지는 거지.

그래서 막 사람들이 도망을 치고
그 여자애는 빔을 쏘다가 사라졌어.

다들 사람들이 모여서
어떻게 뒤처리를 할지
고민을 하고 있었는데
도깨비가 혼자 사당에 앉아

"이게 어떻게 된 일이지.
그자의 허벅지가 유독 하얀 것이 미륵과 같았다."
이렇게 중얼거리는 거야.

그리고 깼어.

난 말이야
예전의 꿈에서
밤바다를 본 적이 있어.

밤바다인데

까만 바다 앞에 내가 서있는 거야.
그리고 빗방울이 바다를
탁　　탁　　탁
치는 거야.

근데 마치 그게
은색 천이 넘실거리는 그런 느낌?

그래서 그 꿈을 꾼 다음에
밤바다를 보러 가야겠다 했지만
아직 가보진 못했지.

근데 그게 꿈인데도 불구하고
그 광경이 실제로 본 것처럼
생생하면서

너무 장엄하고
아름다운 거야.

그래서 나중에라도 꼭 한번
비 오는 밤바다를 가보고 싶어.

다른 건 기억이 안 나고

어떤 할아버지가 길거리에서 죽어가면서
한 말이 기억이 나.

그 말이
뭐였냐면.

"두렵지는 않나?

두렵지는 않냐고.

인생이란 말이야

시간이 빨리 가다가

죽는 순간
갑자기

　　천

　　　천

　　　히

　　흐르게 되는 거거든."

여자가 있는데 이혼한 여잔데 딸아이랑
같이 자기가 일하는 데 간 거야.
거기에선 경마 같은 걸 사람들이 보는데
그 여잔 사진 찍는 역할로 참여했던 거야.
딸아이가 네다섯 살 정도 되는데 똑똑하고 기억력도
너무 좋은 아이였어.
일반인의 좋은 수준을 넘어서는
한 번 본 거를 다 기억해.
이제 딸아이가 계속 심심해하는데
마침 이혼한 남편이 지금 자기가 봐줄 수 있다고
딸아이를 남편에게 맡기고 다시 촬영하고 있는데

        갑자기 사람들이 분주하고 이상해.
        그래서 보니까 누가 죽은 거야.

근데 난 관객이니까 살인범이 누군지 알아.
자리에 있던 어떤 남자였어, 그 남자가 죽인 거야.
그러고선 이제 자기는 어떻게든 피해가려고 했는데
경찰이 남은 사람들을 모아놓은 거야.
방 하나에. 조사하려고.

그 여자는 딸아이와 남편에게
늦을 것 같다고 전화를 하려는데
살인범이 여자 옆에 앉아있었어.
혹시라도 그 여자 사진에 뭐가 찍혔을까 봐
확인하려고 기웃거리는 중이었지.
여자가 딸아이에게 "미안해. 내가 늦을 것 같아"
이렇게 이야기하는데

딸아이가 갑자기 아까 옆에 있던 살인범이 엄마의
남자친구가 아닐까 생각한거야.
계속 엄마를 지켜보고 그랬으니까.
그래서 딸아이가 "그 사람 엄마랑 무슨 사이야?"
이러면서 그 남자의 머리 색, 피부색,
옷차림 들을 말해주는 거야.

근데 그 남자가 통화 소리를 들은 거야.
사람들은 모두 풀려났어.
그 남자가 딸과 여자를 죽이려고 막 쫓아가는 거야.
모든 사람이 서양인이었는데 다 한국말을 했어.

폐쇄 공포증이
있거든요.

꿈에서
어딜 가는데,
누가 날
데려가요.

그리고 친구를 따라가면
꼭 이상한
벽과 벽 사이 같은데?
꼭 그런 데를
꼭 지나가야 한다고
그래요.

그럼 울면서 깨요.

정말 기분이 안 좋을 때가 있었는데
제가 고등학교 때로 돌아간 거예요.
교복을 입고.

근데 또 친구들은
고등학교 때 친구들이 아니라
사회에서 만난 친구들이고
그래서.

근데
내가 그중에 누구를 찾고 있었는데
그게 정확히 대상이 기억 안 나는데

복도를 내가 계속 돌아다니는 거예요.
고등학교 복도를.

학교 건물도
우리 학교 건물도 아닌데
계속 돌아다니는데

그 진동,

핸드폰 진동 소리가
계속 들리는 거야.
정말 계속 뛰어다녀도 뭔지 모르겠고
소리가 계속 들리는데

깨니까
핸드폰이 계속 울리고
전화가 오고 있었어요.

내가 남자친구랑
손을 잡고 걸어가고 있는데
숲길이었어.

근데 이렇게 나무가 엄청 많고 풀도 많고
이런 길이었는데

거북이가 있는 거야.

그래서 지나가는데
저기에도 거북이가 있고 여기에도 있고
사방이 온통 다 거북이인 거야.

새끼 거북이도 있는데
한쪽에선 거북이가 짝짓기 하고 있고
막 엄청나게 많은 거야.

'우와 여기 거북이가 왜 이렇게 많아'
하면서 지나가고 있는데

한쪽에 목이 잘린 거북이가 장엄하게 서있는데
그 모습이 되게 뭔가 고귀한 느낌?
그런 느낌이 들었어.

근데 좀 구체적인 걸 꾸지 않는 편이긴 한데

전 스트레스 받으면
시험 치는 꿈을 꾸곤 해요.

뭔가 시험대에 오르거나
시험을 쳤는데 또 친다거나
그러죠.

근데 간혹가다 거기에 연예인들이
내가 지금 파고 있는 연예인들이

나랑 좋은 관계로 나오는 게 아니라

시험 감독관

혹은

내가 되게 민망해하는 순간에 등장해요.

epilogue

어느 날인가 문득
꿈속에서 일어난 일들이 실제가 아닐까 궁금한 적이 있었다.
눈을 감고 잠이 들면 의식이 저 너머 어디로 날아가
생활을 하고 그것이 꿈으로 기억되는.

그렇게 생각하고 나니 꿈이라는 것이 조금은 소중해졌다.
기억이 흐릿한 또 다른 추억이라고 생각하니
잊히는 것이 아쉬워졌다.

이 기록은 45인이 겪은 의식의 경험들이다.
비록 지금 눈을 뜨고 있는 이곳에서의 경험이 아니지만
그들의 소중했던 추억들이
잊히지 않았으면 하는 바람이다.

더쿠

십만덕후양병프로젝트 본격덕질장려잡지《The Kooh》
편집장(a.k.a 덕집장). 쓸모없는 것에 집착하며 가치
없다 생각하는 것들을 모아 책을 만듭니다. 당신이 가진
쓸모없는 것들을 제보해주세요. 열심히 포장해 팔아보
겠습니다.
godal815@naver.com
@the_kooh

꿈수집가

2017년 7월 31일 1판 1쇄 발행
2020년 6월 2일 1판 2쇄 발행

지 은 이 더쿠

공 동 기 획 스토리지북앤필름 강영규

발 행 인 이상영

편 집 장 서상민

편 집 인 이경은, 한성옥, 채지선

디 자 인 전가람, 오윤하

마 케 팅 손주우

펴 낸 곳 디자인이음

등 록 일 2009년 2월 4일:제300-2009-10호

주   소 서울시 종로구 효자동 62

전   화 02-723-2556

메   일 designeum11@gmail.com

blog.naver.com/designeum

instagram.com/design_eum

＊잘못된 책은 바꾸어드립니다.